KB085192

청마시초

청마시초

유치환 지음

한국 시집 초간본 100주년 기념판 — 하늘

일러두기

1. 이 책의 텍스트는 1939년 12월 20일에 발행된 『청마시초』의 초간본이다.
2. 표기는 원칙적으로 현행 맞춤법에 따랐다. 그러나 특별한 시적 효과와 관련된다고 판단되는 경우는 원문의 표기를 그대로 두었다.
3. 한자는 한글로 고치되, 꼭 필요한 경우는 괄호 처리 하였다.
4. 편자 주는 모두 후주로 처리하였다.
5. 한 편의 시가 다음 면으로 이어질 때 연이 나뉘면 첫 번째 행 상단에 줄 비움 기호(>)를 넣어 구분하였다.

서(序)

이 시는 나의 출혈이요 발한(發汗)이옵니다. 그렇기에 누가 내 앞에서 나의 시를 운위(云謂)함을 들을 적엔 의복 속의 피부를 들추어들 보고 말 성하듯 나는 불쾌함을 금치 못하옵니다.

그러므로 가다 오다 가난한 이 책을 보게 되시는 분은 어느 가장 무료한 마음과 일의 틈을 타셔서 가만히 읽으시고 가만히 덮으시고 가만히 느껴 주시기를 바라옵니다.

항상 시를 지니고 시를 앓고 시를 생각함은 얼마나 외롭고 괴로운 노릇이오며 또한 얼마나 높은 자랑이오리까.

이 자랑이 없고 시를 쓰고 지우고, 지우고 또 쓰는 동안에 절로 내 몸과 마음이 어질어지고 깨끗이 가지게 됨이 없었던들 어찌 나는 오늘까지 이를 받들어 왔사오리까.

시인이 되기 전에 한 사람이 되리라는 이 쉽고 얼마 안 된 말이 내게는 갈수록 감당하기 어려움을 깊이 깊이 뉘우쳐 깨달으옵니다.

그러나 드디어 시 쓰기를 병인 양 벗어 버려도 나를 자랑할 날이 앞으로 반드시 있기를 스스로 기약하옵니다.

오늘 불쌍한 생애에 있는 오직 하나의 가까운 혈육을 위하여서만으로도 길가의 한 신기리가 되려는 그러한 굳고 깨끗한 마음성을 가지기를 나는 소망하오니 어느 때 어느 자리에다 제 몸을 두어도 오직 그의 가질 바 몸짓과 마음의 푸른 하늘만은 아끼고 잊지 않는다면 우리는 어찌 인류에 절망하오리까.

끝으로 이 책이 나오기까지 무척 애써 주시고 기다려 주신 몇몇 고마운 우의를 나는 여기에 말하지 않고 오직 마음으로 간직하고 있나이다.

정묘 모춘(丁卯 暮春)

유치환

II

III

박쥐

너는 본래 기는 짐승.
무엇이 싫어서
땅과 낮을 피하여
음습한 폐가의 지붕 밑에 숨어
파리한 환상과 괴몽(怪夢)에
몸을 야위고
날개를 길러
저 달빛 푸른 밤 몰래 나와서
홀로 서러운 춤을 추려느뇨.

고양이

나는 고양이를 미워한다.
그의 아첨한 목소리를
그 너무나 민첩한 작은 동작을
그 너무나 산맥의 냄새를 잊었음을
그리고 그의 사람을 분노치 않음을
범에 닮았어도 범 아님을.

아기

얼굴보다는 눈이 크고 둥그란 아기
개미 한 마리 기어 와도 무서워하는 아기
이 아기의 성화에
젊은 어머니는 얼마나 부대끼는가.
〈아가가 자니 나라가 잔다!〉고
볼을 맞대니 어느덧
젖젖 냄새가 없어졌구나.

깃발

이것은 소리 없는 아우성
저 푸른 해원(海原)을 향하여 흔드는
영원한 노스탤지어의 손수건
순정은 물결같이 바람에 나부끼고
오로지 맑고 곧은 이념의 푯대 끝에
애수는 백로처럼 날개를 펴다.
아아 누구던가
이렇게 슬프고도 애달픈 마음을
맨 처음 공중에 달 줄을 안 그는.

그리움

오늘은 바람이 불고
나의 마음은 울고 있다.
일찍이 너와 거닐고 바라보던 그 하늘 아래 거리언마는
아무리 찾으려도 없는 얼굴이여.
바람 센 오늘은 더욱 너 그리워
긴 종일 헛되이 나의 마음은
공중의 깃발처럼 울고만 있나니
오오 너는 어드메 꽃같이 숨었느뇨.

이별

표연히 낡은 손가방 하나 들고 나는
정거장 잡답(雜遝) 속에 나타나 엎쓸린다
누구에게도 잘 있게 말 한마디 남기지 않고.

새삼스레 이별에 즈음하여
섭섭함과 슬픔을 느끼는 따위는
한갓 허례한 감상밖에 아니어늘

허황한 저녁, 통곡하고 싶은 외로운 심사엔들
우리의 주고받는 최대의 인사는
오직 우의로운 미소에 지나지 못하거니

나무에 닿는 바람의 인연 —
나는 바람처럼 또한
고독의 애상에 한 도(道)를 가졌노라.

분묘(墳墓)

여기엔 가장 성결한 새벽과
찬란한 별들이 이슬에 젖어 새어 가고

깨닫지 못한 그 완미(頑迷)한 생은
두려운 몸부림에 발 들이지 못하는 성역.

오오랜 자위(自僞)에서 놓여난 육신이
여기에 고이 고이 잠들어 있고

드디어 육신을 다스린 영혼이
샛별처럼 어드메 삼가 임하였나니

필경 무상한 제행(諸行)이 귀의하는 이 금수(錦繡) 위에
오직 일체를 대상(代償)한 쓰러진 한 개 묘표여.

보살상(菩薩像)

인간의 죄고(罪苦)를 길이 염(念)한 채로
모를 몇 별과 달을 진토에 묵었느뇨.

연좌(蓮座)는 헐어지고
자안(慈顔)에는 아픈 생채기.

사바의 고초는 꽃에 꽃이 피고
죄악은 오로지 승화하되

오직 일념히 심원함은
오오 중우(衆愚)여 중우여 중우여.

대자대비!
그도 한 어쩌지 못할 슬픈 인과이러니

영원히 제도 못할 겁죄(劫罪)를 지고
이렇게 적막한 골동(骨董)이여.

아버님

내 오랜만에 고향에 돌아와서
아버님을 뵈옵고 마음 외로웠나니
어느덧 아버님 숫하게* 늙으시고
내 아버님 앞에 이제는
어린아이 아님을 새삼스레 느끼었노라.
그리고 내 안에 지난날의
그 엄하신 아버님이 옮아 계심을 알았으며
늙으신 가운데 차차 물러가시는
한없이 인자로우신 아버님께
내 경건히 마음 외로움을 느끼었노라.

동해안에서

백일(白日)은 중천에 걸리어 나의 무료에 연(連)하고
망망한 조수는 헛되이 간만을 거듭하여 지표를 씻는 곳
여기는 나의 적요의 공동(空洞)
투명히 절연체 된 망각의 변애(邊涯)어니
의미 없는 애수는 드디어 묘막(渺漠)하여* 돌아오지 않고
오로지 무념한 고독은 한 마리 소해(小蟹)에 멸하나니
나는 홀로 이 무인(無人)한 백사(白沙) 위에
걸인처럼 인생을 나태하노라.

산1

그의 이마에서부터
어둔 밤 첫 여명이 떠오르고
비 오면 비에 젖는 대로
밤이면 또 그의 머리 위에
반디처럼 이루 나는 어린 별들의 찬란한 보국(譜局)을 이고
오오 산이여
앓는 듯 대지에 엎드린 채로
그 고독한 등을 만 리 허공에 드러내어
묵연히 명목(瞑目)하고 자위(自慰)하는 너
—산이여
내 또한 너처럼 늙노니.

수선화

몇 떨기 수선화—
가난한 내 방 한편에 그윽이 피어
그 청초한 자태는 한없는 정적을 서리고
숙취의 아침 거친 내 심사를 아프게도 어루만지나니
오오 수선화여
어디까지 은근히 은근히 피었으련가.
지금 거리에는
하늘은 음산히 흐리고
땅은 돌같이 얼어붙고
한풍(寒風)은 살을 베고
파리한 사람들은 말없이 움쿠리고 오가거늘
이 춥고 낡은 현실의 어디에서
수선화여 나는
그 맑고도 고요한 너의 탄생을 믿었으료.

그러나 확실히 있었으리니
그 순결하고 우아한 기백은

이 울울한 대기 속에 봄 안개처럼 엉기어 있었으리니
그 인고(忍苦)하고 엄숙한 뿌리는
지핵(地核)의 깊은 동통을 가만히 견디고 홀로 묻히어 있었으리니
수선화여 나는 너 위에 허리 굽혀
사람이 모조리 잊어버린
어린 인자(人子)의 철없는 미소와 반짝이는 눈동자를 보나니
하여 지금 있는 이 초췌한 인생을 믿지 않나니
또한 이것을 기어코 슬퍼하지도 않나니
오오 수선화여 나는
반드시 돌아올 본연한 인자의 예지와 순진을 네게서 믿노라.

수선화여.
몇 떨기 가난한 꽃이여.
뉘 몰래 쓸쓸한 내 방 한편에 피었으되

그 한없이 청초한 자태의 차가운 영상을
가만히 온 누리에 투영하고
이 엄한(嚴寒)의 절후에
멀잖은 봄 우주의 큰 뜻을 예약하는
너는 고요히 치어든 경건한 경건한 손일레라.

점경(點景)에서

들창 너머 담장
담장 위에 호박 넝쿨
그리고 이 강건한 손바닥 같은
푸른 호박잎에 담뿍 받친 벽공(碧空)의 일각(一角) —
이 얼마 안 된 평범한 점경은
조금 하면 잊혀지기 쉬운 이 청빈한 가족에게
다만 하나 계절에의 생기로운 통풍공(通風孔).
항상 미덥고 부지런한 아내의 하루의 스케줄은
이 점경의 청담(晴曇)에 따라 정하여지고
때론 일편 청운이 머무는 저 궁륭을
커다란 잠언처럼 사나이는 우러르노라.

오늘의 이 가난과 불여의(不如意)를
스스로 안직(安直)하여 미봉(彌縫)함이 아니라
또한 차질(蹉跌)에 홀로 애상(哀傷)짐도 아니라
아무리 가혹한 핍박의 저류(底流)에 잠기었어도
끝내 흐리잖는 명료한 이념은

끝없는 고독에 옥석처럼 눈을 뜨고
항상 높은 긍지를 가져 자신을 지키고
온갖 있는 것을 깊이 애착하며
명확히 계절을 인식하여 내일에 —
저 요원한 인생의
운표(雲表)에 솟은 거옥한 바빌론을 바라노라.

둘째야 가엾게도
그렇게 앓아서 못 견디느냐.
내일은 일요일 —
(— 홍역에는 가재가 좋다니!)
나는 산골을 찾아가서 가재를 잡아 오리라.
한나절 들판의
강냉잇대 이파리 빛나는 밭둔덕을 지나서
산머리에 조는 구름을 바라보고
이 모처럼 하루의 반날을
나만의 외로움에 휘파람 불며 다녀오리라.

소리개

어디서 창랑의 물결 새에서 생겨난 것.
저 창궁(蒼穹)의 깊은 남벽(藍碧)*이 방울져 떨어진 것.
아아 밝은 칠월달 하늘에
높이 뜬 맑은 작은 넋이여.
오안(傲岸)하게도
동물성의 땅의 집념을 떠나서
모든 애념(愛念)과 인연의 번쇄(煩瑣)함을 떠나서
사람이 다스리는 세계를 떠나서
그는 저만의 삼가하고도 방담(放膽)한 넋을 타고
저 무변대(無邊大)한 천공을 날아
거기 정사(靜思)의 닻을 고요히 놓고
황홀한 그의 꿈을
백일(白日)의 세계 위에 높이 날개 편
아아 저 소리개.

병처(病妻)

아픈가 물으면 가늘게 미소하고
아프면 가만히 눈 감는 아내 —
한 떨기 들꽃이 피었다 시들고 지고
한 사람이 살고 병들고 또한 죽어 가다.
이 앞에서는 전 우주를 다하여도 더욱 무력한가
내 드디어 그대 앓음을 나누지 못하나니.

가만히 눈 감고 아내여.
이 덧없이 무상한
골육에 엉긴 유정(有情)의 거미줄을 관념(觀念)하며
요요(遙寥)한 태허(太虛) 가운데
오직 고독한 홀몸을 응시하고
보지 못할 천상의 아득한 성망(星芒)을 지키며
소조(蕭條)히 지저(地底)를 구르는 무색 음풍(陰風)을 듣는가.
하여 애련의 야윈 손을 내밀어
인연의 어린 새새끼들을 애석하는가.

>

아아 그대는 일찍이
나의 청춘을 정열(情熱)한 한 떨기 아담한 꽃.
나의 가난한 인생에
다만 한 포기 쉴 애증의 푸른 나무러니
아아 가을이런가.
추풍은 소조히 그대 위를 스쳐 부는가.

그대 만약 죽으면 —
이 생각만으로 가슴은 슬픔에 짐승 같다.
그러나 이는 오직 철없는 애정의 짜증이러니
진실로 엄숙한 사실 앞에는
그대는 바람같이 사라지고
내 또한 바람처럼 외로이 남으리니
아아 이 지극히 가깝고도 머언 자여.

철로

사나운 정염의 불을 품은
강철의 기관차 앞에
차가이 빛나는 두 줄의 철로는
이미 숙인(宿因)받은 운명의 궤도가 아니라
이 거혼(巨魂)의
—스스로 취(取)하는 길
—취하지 아니치 못하는 길

의지(意志)를 의지하는 심각한 고행의 길이로다.
비끼면 나락!
또한 빠르지 않으면 안 되나니
오오 한 가닥 자학에도 가까운 의욕과 열의의 길이로다.

보라.
처참한 폭풍우의 암야에 묻히어
말없이 가리키는 두 줄의 철로를
그리고 한결같이 굴러가는
신념의 피의 불꽃의 화차(火車)를.

일월(日月)

나의 가는 곳
어디나 백일(白日)이 없을쏘냐.

머언 미개(未開)적 유풍(遺風)을 그대로
성신(星辰)과 더불어 잠자고

비와 바람을 더불어 근심하고
나의 생명과
생명에 속한 것을 열애하되
삼가 애련에 빠지지 않음은
—그는 치욕임일레라.

나의 원수와
원수에게 아첨하는 자에겐
가장 옳은 증오를 예비하였나니

마지막 우러른 태양이

두 동공에 해바라기처럼 박힌 채로
내 어느 불의에 짐승처럼 무찔리기로

오오 나의 세상의 거룩한 일월에
또한 무슨 회한인들 남길쏘냐.

산2

음우(陰雨)를 안은 무거운 절망의 암운이
너를 깊이 휘덮어 묻었건마는
발은 굳게 대지에 놓았고
이마는 구름 밖에 한결같은 창궁(蒼穹)을 우러렀으니

산이여.
너는 끝내 의혹하지 않을지니라.

기약(期約)

일찍이 이름 없이 썩어진 한 톨 보리알이
스스로 지닌 그의 맹세를 밝혀 오늘 돌아왔나니
노고지리 우짖는 푸른 하늘이
후광처럼 거꾸로 물구나무선 대지의 끝으로부터
등을 넘어 눈부시게 물밀어
자욱히 땅에 번진 이 황금의 찬가를 들으라
오오 낱을 넣으라
낱을 넣어 흐르는 모개 모개 영광의 이삭을 거두어 다오.
그때 스스로 모진 분노에 썩어진 나의 뜻을 답하려노니

귀납(歸納)

천개(天蓋)를 가린 울암(鬱暗)한 수해(樹海)의 일수(一樹).
최초 정정(丁丁)히
태고의 삼엄한 정적을 모독하고 도끼날이
그의 생생한 발목 짬에 들어박힌 뒤로
오직 알맞게 알맞게 몸뚱아리는 잘리어
토막의 토막의 한 토막 목재 —
곱게 대팻날에 나타난 겨우 연륜이 끼친 무늬로는
그의 머언 생장에 받았을 거룩한 성상(星霜)은 알 바도 없나니
오오 일편 비심(悲心)의 흐림도 없는 이 귀납이여.

단애(斷崖)

거기엔 저 천공으로 뻗으려는 절정이 없다
오직 발아래로 깎아 떨어진 천인(千仞)의 나락.

어느 짬 우주의 윤회에서 생긴 지락(地落)이
오오랜 햇살과 비바람을 겪고
스스로 한 풍모를 갖추었나니

한 줄기 푸른 칡도 기어오르지 못하는
천년의 절벽에 지긋이 늙어
이 우울 무사한 지표(地表)에 절박한
아아 저 독올(禿兀)한 불모의 면상을 보라.

송가

쫓긴 카인처럼
저희 오오래 어두운 슬픔에 탔으되
어찌 이 환난을 짐승이 되어선들 겪어나지 못하료.
저 머언 새벽날 미개의 종족이
어느 암상(岩上)에 활과 살을 팔짱에 끼고 서서
크낙한 향로인 양, 자운(紫雲) 속에 밝아 오는 연만(連巒)을 우러러
염원하여 저들의 융성(隆盛)을 맹세하고 여기 만년.
일월 성신은 저희와 함께 있었고
풍상은 오로지 좋은 시련이 되었거늘
오늘 쓰라린 인고의 울혈 속에 오히려 맥맥(脈脈)히
그 정한(精悍)하던 저희 발상(發祥)의 거룩한 피를 기억하고
그날 산전(山巓)에 유량(嚠喨)히 노래하던 야성의 교망(翹望)이
저희의 귀에 다시금 메아리처럼 새롭도다.
항상 저희는 이렇듯

슬프고도 오롯한 계도(系圖)를 자랑으로 받들므로
머언 유업을 그대로 이어
오직 옳고 강하기를 소망하고
좋은 원수를 일컫되
간사함은 미워하고
어떠한 악의와 모함에도 견디어
끝내 굴종에 길들지 않고
하여 눈은 눈으로!
이는 죽음과 같은, 저희의 피의 법도가 되어지이다.

지연(紙鳶)

우러르면 만만(滿滿)한 한천(寒天)에 지연 몇 개
나의 향수는 또한 천심(天心)에도 있었노라.

오오랜 태양

머언 태곳적부터 훈풍을 안고 내려온
황금가루 화분(花粉)을 분분히 이글거리던 그 태양이로다.

처음 꽃이 생겼을 때
서로 부르며 가리켜 조화(造化)를 찬탄하던
그 아름다운 감동과 면면한 친애를 아느뇨.

오늘날 세기의 크낙한 비극이
스스로의 피의 속죄 끝에
나중 인류는 지표에 하나 없어져도 좋으리라.

누구뇨 별을 가리어 서는 자는!

이 묵은 역사의 세계 위에
구원(久遠)한 연륜의 귀한 후광을 쓰고
오직 앵두만 한 싹과 한 마리 병아리의 탄생을 위하여
창조의 아침의 보얀 향수에 젖은 오롯한 태양이로다.

II

죽(竹)

흙을 밀고 생겨난 죽순 적 뜻을 그대로
무엇에도 개의찮고 홀로 푸르러
구름송이 스쳐 가는 창궁(蒼穹)을 향하여
오로지 마음을 다하는 이 청렴의 대는
노란 주둥이 새새끼 굴러들듯 날아 앉으면
당장에 한 그루 수묵이 향그런 그림이 되고
푸른 달빛과 소슬한 바람이 여기 잠기면
다시 찾을 수 없는 유현(幽玄)한 죽림의 일원이 되다.

또 하나 꽃

오늘은 순이의 시집가는 날
또 하나 거룩한 꽃이 이 동리에 피어오르다.
순이네 집 좁다란 골목 안팎은 법석대고
차일을 가린 뜨락엔 동리 아낙네들이
곱게 꾸민 신부를 한번 보려고 밀어 짜 섰고
또한 사립 사립에선
하마 동리를 들어올 신랑의 말을 나서서들 기다린다.
길에서 만나는 어른들은 만족한 웃음으로
오늘 순이네 집 잔치를 서로 일컫고
물동이를 인 아가씨들은 길을 비껴
부러운 듯이도 즐거운 마음으로
순이의 가마를 돌아서서 바라다 보내나니
또 해가 지면 동리 집집마다 저녁 상머리에는
오늘 순이네 집 잔치와 신부와 신랑 이야기에 한창 꽃이 피리니

오늘은 순이의 시집가는 날.

온 마을이 일어서 받드는
또 하나 거룩한 꽃이 이 동리에 피어오르다.

조춘(早春)

밤새 자애로운 봄비의 다스림에
태초의 첫날처럼 반짝 깨어난 아침.

발돋움하고 빨래 너는 아내의 모습도 어여쁘고
마을 위 고목 가지에 깍깍이는 까치 소리도 기름져

흠뻑 물오른 검은 가지, 엄지 같은 움
하늘엔 자양(滋養)한 햇발이 우유처럼 자옥하다.

시일(市日)

흰 인파는 땅에 넘치고 훤연(喧然)하건만
공중에는 나는 새 그림자 하나 없어
—적요는
어안(魚眼)같이 백일(白日)과 함께 살도다.

산 3

나는 산입니다.
이렇게 커다란 검정 구름더미가
나의 머리 위를 핑핑 지나가는 걸 보니
오늘 밤은 비가 오겠습니다.
게다가 동남풍이 불어옵니다.
저 대해 같은 검푸른 하늘에
오늘 밤은 작은 별 애기들을 볼 수가 없겠지요
산새들*은 날래 날개를 드득거리고
숲속으로 깃을 찾아 숨으시오.
저렇게 청개구리 놈들은 골짜구니에서
목청 높이 울어 야단들이 아닙니까.

나는 산입니다.
밤새도록 나는 혼자서
촉촉이 비를 맞고 서 있지요.

애가(哀歌)

—영포(永浦)에게

그대 무덤 위엔
할미꽃 한 떨기 피어 있고

하 그리 애통턴 죽음이
솔바람 소리 적적히 지나가는
이 하늘 가까운 등성이에
이렇듯 고운 안위를 얻을 줄 그댄들 알았으료.

그리 진실턴 청춘의 오뇌도 동경도
벗이여 버리면 곱게 그만이더뇨.

그대는 죽고 나는 살고
내 오늘 그대 무덤 옆에 초연(悄然)히 앉아
어떤 한 번 몸짓에 하늘을 달리한
이 맑은 비정(非情)의 일순의 영겁을 생각노니

청조(靑鳥)여
—어느 여류 비행사에게

집에선 발끝에 자라는 조선옷을 입고
거리에 나서면 양모(洋帽)를 쓰고
소년처럼 지껄이고 웃음 웃건만
머리 위엔 날고픈 창공을 항상 이고 있기에
속으론 우울이 푸르러 타조처럼 외로우리라.

기(機) 위에 오를 적마다 고운 각오에
여자의 삼감으로 살던 터전을 깨끗이 맑힌다지요.
그렇기에 대공(大空) 속 물같이 창창한 이념에 씻기어
몇 번
낯익은 계후조(季候鳥)처럼
그리운 땅 위에 다시 날아 앉느뇨.

표표히 휘파람을 불어라.
지난 길도 보이잖는 망망한 허막(虛漠)의 진공 가운데
오직 자기에게 자기를 떠맡긴
그 절대한 고독의 즐거움을 누가 알리오.

하여 은어같이 미끄런 애기(愛機)를 저어 맵시 있게
적막히 화려한 저 권적운에 날개를 씻어라.

채색도 잘고 고운 동그란 지구의(地球儀)를 통기는 듯
청조여.
한 마리 또렷한 소리개 형상이여.

부산도(釜山圖)

푸른 수평(水平)은 시가(市街)보다 높이 부풀어 구울고
산허리 측후소 기폭(旗幅)은 오늘도 서북으로 흐른다.

저 까아만 회귀선 부근 이국의 외로운 윤선(輪船)이 지나간 뒤
시방 그 무서운 허막(虛漠)은 수정색 풍동(風洞)을 나직이 둘렀으리니

동반구(東半球)의 조그만 돌출 남반도 그 최남단 고운 이 어항(漁港)은
풍어(豊漁)와 원항(遠航)의 백몽(白夢)에 뱃삼*처럼 한창 거리도 적막하다.

그리우면

뉘 오는 이 없는 골에는
하늘이 항시 호수처럼 푸르러
작은 새 가지 옮는 결에
송홧가루 지고
외떨기 찔레
바윗돌 하나
기나긴 하루해 지키기 겹노니
참으로 마음속 그리운 이 있으면
이런 골짝 홀로 숨었기도 즐거워
고운 송홧가루 송홧가루
손에만 묻다.

가배절(嘉俳節)

하늘은 높고 기운은 맑고
산과 들에는 풍요한 오곡의 모개
신농(神農)의 예지와 근로의 축복이
땅에 팽배한 이 호시절 —
오늘 하루를 즐겁게 서로 인사하고
다 같이 모여서 거룩한 축제를 드려라.
올벼는 베어다 술을 담아 빚고
햇콩 햇수수론 찧어서 떡을 짓고
장정들은 한 해 들에서 다듬은 무쇠다리를
자랑하여 씨름판으로 걷고 나오게
쟁기를 끄른 황소는 몰아다 뿔싸움을 붙여라.
새 옷자락을 부시시거리며 선산에 절하는
삼가한 마음성들 솔밭새에 흩어졌도다.

입추

이제 가을은 머언 콩밭 짬에 오다.

콩밭 너머 하늘이 한 걸음 물러 푸르고
푸른 콩잎에 어쩌지 못할 노오란 바람이 일다.

쨍이 한 마리 바람에 흘러 흘러 지붕 너머로 가고
땅에 그림자 모두 다소곤히 근심에 어리다.

밤이면 슬기론 제비의 하마 추울 꿈자리 내 맘에 스미고
내 마음 이미 모든 것을 잃을 예비 되었노니

가을은 이제 머언 콩밭 짬에 오다.

추해(秋海)

바다에도 가을이 왔나니
호호(浩浩)한 수천(水天)에 낙막(落寞)함이 미만(瀰滿)
하여
빛을 거둔 차가운 물결의 주름 주름
그지없이 추풍은 스미고
해는 낮게 반공(半空)을 지킬 뿐.
내 한가로운 대로
산비탈에 앉아 홀로 낚시를 늘이니
조그마한 은빛 고기 있어
물 위에 올라와 내 손바닥에
이 외롭고도 고요한
가을의 마음을 살짝이 지껄이더라.

추요(秋寥)

도회에 내린 가을이
소스라 선 고층 모서리에 고운 파문(波紋)을 끼치고
소리 없이 지는 가로수 잎새에도 진실이 깃들여
천지의 적력(寂歷)함이
포도(舖道) 위에 오가는 발자국마다 어리었나니
붉은 석양이 비낀 하얀 돌벽에 기대어 서면
아득한 산맥이 눈썹 끝에 다다라
나는 마지못할 한 마리 소어(小魚)러라.

산4

오오래 내게
오르고 싶은 높고도 슬픈 산 있노니

내 오늘도 마음속 이를 염(念)한 채로
부질없이 거리에 나와 헤매며
벗을 만나 이야기하는 자리에도
향그런 푸른 담배 연기 너머 아늑히
그의 아아(峨峨)한 슬픈 용자(容姿)를 보노라.

해 지고
등불 켜진 으스름 길을 돌아오노라면
어드메 또 이 한밤을
그 막막한 어둠 속에 방연(尨然)히 막아섰을
오오 나의 산이여.
산이여.

정적

불타는 듯한 정력에 넘치는 칠월달 한낮에
가만히 흐르는 이 정적이여.

마당가에 굴러 있는 한 작다란 존재—
내려 쪼이는 단양 아래 점점이 쪼그린 작은 돌멩이여.
끝내 말 없는 내 넋의 말과 또 그의 하이얌을
나는 네게서 보노니

해가 서쪽으로 기울어짐에 따라
그림자 알풋이 자라나서
아아 드디어 온 누리를 둘러싸고
내 넋의 그림자만의 밤이 되리라.

그러나 지금은 한낮, 그림자도 없이
불타는 단양 아래 쪼그려
하이얀 하이얀 꿈에 싸였나니
작은 돌멩이여, 오오 나의 넋이여.

구배(勾配)

그 구배*에선 반짝이는 바다가 보이고
구배를 내려가면
해저같이 별다르게 환한 시가(市街)
거기서 사람들은 인어같이 상가(商賈)하고
해가 지면
아무것도 안 뵈는 어둔 이 구배를
안벽(岸壁)인 양 사뭇 기어올라 오는
패류(貝類)처럼 노한 슬픈 마음들.

항구의 가을

바다 소리가 시가(市街)에 들리고
산허리 측후소에 하얀 기폭이 나부낀다.
빈 개[浦]는 멀리 춥게 반짝이고
이 몇 날을 돌아오는 배가 없다.

항구에 와서

바다 같은 쪽빛 깃발을 단 배는
저 멀리 바다 너머로 가버린 지 오래고
포구에는 갈매기 오늘은 그림도 그리지 않고
멀거니 푸른 하늘엔 고동도 울리지 않고
선부들은 이렇게 배들을 방축에 매어 둔 채로
어디로 다들 피하였는가.
그늘진 창고 뒤 낮잠 자는 젊은 거지 옆에
나는 뉘도 기다리지 않고 앉았노라.

오월우(伍月雨)

어드메 요란(撩爛)한 화림(花林)을
낭자하게 무찌르고 온 비는 또
나의 창 앞에 종일을 붙어 서서
비럭지처럼 무엇을 조르기만 한다.

의주(義州) 길

장안(長安)을 나서서 북쪽 가는 천리 길
아카시아 꽃수술에 꿀벌 엉기는
이 길을 떠나면 다시 오지 않으리니

속눈썹 감실감실 사랑한 너야
이대로 고이 나는 너를 하직하려노니
누가 묻거들랑 울지 말고 모른다 하소.

천 리 길 네 생각에 하염없이 걷노라면
하늘도 따사로이 뫼등도 따사로이
가며 가며 쉬어 쉬어 울 곳도 많아라.

어느 갈매기

창광부지소구(猖狂不知所求)
부유부지소주(浮遊不知所住)

나의 세상은 모두가 서툴렀거늘
만사는 될 대로 되는 것이어늘

밤비 내리는 도회여
이 밤 호면(湖面) 같은 나의 포도(舗道)에
알롱이는 등들도 저윽이 구슬퍼
나는 젖는 대로 비에 젖는
어느 한 마리 외로운 갈매기로다.

원하여 이룬 바 없고
회한은 오직 병 같아

내 무뢰한같이 헐한 주점에 앉아
목을 메우는 한 잔 호주(胡酒)에

오늘 밤 어느 갈매기처럼 오열(嗚咽)하노니
오오 나의 골육이여 너는 어느 때
갠 너의 하늘을 깨달으려느뇨.

III

향수

나는 영락한 고독의 까마귀
창근(蹌跟)히 설한(雪寒)의 거리를 가도
심사는 머언 고향의
푸른 하늘 새빨간 동백에 지치었어라.

고향 사람들 나의 꿈을 비웃고
내 그를 증오하여 패리*같이 버리었나니
어찌 내 마음 독사같지 못 하여
그 불신한 미소와 인사를 꽃같이 그리는고.

오오 나의 고향은 머언 남쪽 바닷가
반짝이는 물결 아득히 수평에 졸고
창파에 씻긴 조약돌 같은 색시의 마음은
갈매기 울음에 수심 져 있나니

희망은 떨어진 포켓으로 흘러가고
내 흑노(黑奴)같이 병들어

이향(異鄕)의 추운 가로수 밑에 죽지 않으려나니
오오 저녁 산새처럼 찾아갈 고향길은 어드메뇨.

원수

내 애련에 피로한 날
차라리 원수를 생각노라.
어드메 나의 원수여 있느뇨
내 오늘 그를 만나 입 맞추려 하노니
오직 그의 비수를 품은 악의(惡意) 앞에서만
나는 항상 옳고 강하였거늘.

심야

그 잡답(雜遝)한 왕래에 오열(嗚咽)하던
유행가의 애상한 선율도 죽고

그 수만의 발자국도 수레바퀴도
저 어드메 적적히 썰물처럼 물러가고

오직 망멸(亡滅)의 허적(虛寂)만이 은신한 네거리에
화려한 잔해는 만장(輓章)처럼 불길한 영자(影子)를 늘어트리고

오오 어린 별들도 무서워 내려보지 못하는 함정
사람이 짓고 사는 이 공포의 성곽이여.

다 끄고 남은 가등의 낮 같은 각광(脚光)을 쓰고
나는 취하여 망량(魍魎)*처럼 울며 지나가다.

군중

꽃나무에 등을 켜고 깃발을 달고
만타(萬朶)의 난만한 야앵(夜櫻) 아래
사람들은 떼 지어 밀고 또 밀리어 거닐며
혹은 꽃 아래 술을 베풀고
취하여 춤추며 노래하건만
아아 이들의 여기에 모인 뜻은
이 화려한 꽃나무에도 있지 않거늘
눈은 꽃을 보려 하지 않고
주정은 싱거이 감흥을 잃었도다.

아아 진실로 커다란 적요는
이 무명한 군중의 여울에서 오나니
여울은 헛되이 길을 메우고
사욕(思慾)은 망연히 기대에 화석 되었거늘
이 어찌 우울한 정경이리오.
나는 목을 메우는 진애(塵埃)를 먹고
벙어리같이 비노(悲怒)하여
창황히 고문(古門)을 밀리어 나왔노라.

악대(樂隊)

하늘은 음산히 춥고
눈 내리려는 날
낮게 움쿠린 회빛 거리를
한 악대의 행렬은 지나가나니
반향도 없는 허공에 나팔을 높이 불고
귀도 무너지라는 듯 북을 울리며
가난한 아이들은 허리를 구부려
깃대에는 핏기 없는 내장을 매달아 메고
무거이 앞뒤를 따랐나니

아아 이 파리한 인생의 행렬은
무엇을 보이려 함이런고.
무엇을 알리려 함이런고.

성좌를 허는 사람들

이 산기슭에 일단의 사람이 흩어져 있음은
산을 무너트려 바다를 메우려 함이로다.
하늘 높은 기나긴 삼복의 해를 두고
사람들은 악착히 다가붙어 뫼부리와 다투고 있나니
적막한 산곡에 핫바는 울고*
토로코*는 이빨을 갈고
사람들은 노한 듯이 남루하여
붉은 흙을 담아 푸른 바다에 털어 넣나니
오오 이 어찌 짓궂은 인위의 노력이리오.
산악은 무궁히 천공을 우러러 의연하고
바다는 그대로 창망한 수천(水天)에 연(連)하였건만
사람들은 오직 파충(爬虫)처럼 의욕하여
고운 성좌를 헐어 그 도형을 바꾸려 하는도다.

복사꽃 피는 날

한풍(寒風)은 까마귄 양 고목(枯木)에 걸려 남아 있고
조망(眺望)은 흐리어 음우(陰雨)를 안은 조춘(早春)의 날
내 호젓한 폐원에 와서
가느다란 복숭아 마른 가지에
새빨갛게 봉오리 틀어 오름을 보았나니
오오 이 어찌 지극한 감상이리오
춘정은 이미 황막한 풍경에 저류(底流)하여
이 가느다란 생명의 가지는 뉘 몰래 먼저
열여덟 아가씨의 풋마음 같은
새빨간 순정의 봉오리를 아프게도 틀거니
오오 나의 우울은 고루하여 두더지
어찌 이 표묘(漂渺)한 계절을 등지고서
홀로 애꿎이 가싯길을 가려는고.

오오 복사꽃 피는 날 온종일을
암같이 결리는 나의 심사여.

백주(白晝)의 정거장

백주는 음영을 잃고 망연히 자실(自失)하고
멀거니 빈 곽요(廓寥)한 정거장.
가지가지 여장으로 어젯밤 역두(驛頭)의 그 잡답(雜遝)은
희망에 지친 수많은 인간의 여수의 환화(幻花)이었나니
보라
높다란 시계탑은 지금 헛되이 자오(子午)의 천변(天邊)을 가리키고
창황히 보따리를 들고 달음질하는 자—하나 없는 폼에는
야윈 철주만 느런히 지붕을 받들고 있어
아아 여기 한 가지 못한 망령은 우두머니 남았나니
멀찍이 묵(默)한 신호주(信號柱)의 섰는 곳
적요의 역사(轢死)*한 하얀 옷자락이 널려 있고
어디서론지 폼의 지붕 위에 까마귀 한 마리
높이 앉아 스스로 제 발톱을 쪼고 있도다.

비력(非力)의 시(詩)

우환은 사자(獅子) 신중(身中)의 벌레
자학의 잔은 담즙같이 쓰도다.
진실로 백일(白日)이 무슨 의미러뇨
나는 비력하여 앉은뱅이
일력은 헛되이 모가지에 오욕의 연륜만 끼치고
남은 것은 오직 짐승 같은 비노(悲怒)이어늘
말하라 그대 어떻게 오늘날을 안여(晏如)하느뇨.

까마귀의 노래

내 오늘 병든 짐승처럼
추운 십이월의 벌판으로 홀로 나온 뜻은
스스로 비노(悲怒)하여 갈 곳 없고
나의 심사를 뉘게도 말하지 않으려 함이로다.

삭풍에 늠렬(凜冽)한 하늘 아래
까마귀 떼 날아 앉은 벌은 내버린 나누어
대지는 얼고
초목은 죽고
온갖은 한 번 가고 다시 돌아올 법도 않도다.

그들은 모두 뚜쟁이처럼 진실을 사랑하지 않고
내 또한 그 거리에 살아
오욕을 팔아 인색의 돈을 벌이하려거늘
아아 내 어드메 이 비루한 인생을 육시(戮屍)하료.

증오하여 해도 나오지 않고

날씨마저 질타하듯 춥고 흐리건만
그 거리에는 다시 돌아가지 않으려노니
나는 모자를 눌러쓰고 까마귀 모양
이대로 황막한 벌 끝에 남루히 얼어붙으려노라.

*

21쪽 〈숫하다〉는 〈순박하고 어수룩하다〉는 뜻이다.

22쪽 〈묘막하다〉는 〈광막하다〉와 같은 말로 〈아득하게 넓다〉는 뜻이다.

29쪽 원문의 한자는 〈籃碧〉으로 되어 있다.

50쪽 원문에는 〈산새은들〉로 표기되어 있으나 〈산새들은〉의 오식으로 보인다.

54쪽 〈뱃삼〉은 〈배의 바닥에 댄 널〉을 뜻한다.

62쪽 〈구배〉는 〈오르막〉 또는 〈비탈〉을 뜻한다.

71쪽 〈패리〉는 〈도리나 이치에 어그러짐〉을 뜻한다.

74쪽 〈망량〉은 〈도깨비〉를 뜻한다.

77쪽 〈핫바는 울고〉는 〈발파 소리가 울리고〉의 일본식 표현인 것으로 보인다.

〈토로코〉는 〈트럭〉 또는 〈탄광에서 쓰는 궤도차〉로 보인다.

79쪽 〈역사〉는 〈차에 치여 죽음〉이라는 뜻이다.

해설

유치환과 『청마시초』

유치환은 1908년 경남 거제에서 태어났다. 어린 시절 한문을 공부하였으며, 열한 살에 통영보통학교에 입학하였다. 1922년 일본 도요야마(豊山) 중학교에 입학하였고, 열여섯 살 무렵에는 형인 유치진이 주도한 토성회(土聲會)에 참여하여 시를 발표하기도 했다. 1926년 가세가 기울자 귀국하여 동래고등보통학교 5학년에 편입했다. 1927년에는 연희전문학교 문과에 입학하여 『참새』 4집에 「단가」 9편을 발표했다. 이듬해 학교를 중퇴하고 다시 일본으로 가서 사진 학원에 다니기도 했다. 이해 10월 고향의 안동 권씨 재순과 결혼했다. 이 무렵 다카무라 고타로, 구사노 신페이를 비롯한 일본 아나키스트 시인들과 정지용의 시에 깊은 감명을 받았다. 그는 〈문학에 있어서 가장 나에게 애착을 갖게 한 시인은 일본의 다카무라 고타로와 하기하라 사쿠타로, 그리고 그 밖에 아나키스트 시인 구사노 신페이, 다케우치 데루요 같은 분들이다〉라고 술회한 바 있다.

1929년에 귀국하여 유치진이 중심이 되어 발간한 『소제부』에 시 「오월의 마음」 외 25편을 발표했다. 1932년에는 평양으로 이주해 사진관을 경영하였으나 여의치 않아 문을 닫고 시작에 전념했다. 1937년에는 통영으로 이주하고 통영 협성상업학교 교사가 되었다. 이 무렵 유치환은 부산에서 시 동인지 『생리(生理)』를 간행하는데, 이는 그가 소년 시절 심취한 하기하라 사쿠타로가 간행한 『생리』와 무관하지 않은 것으로 보인다. 1939년 첫 시집 『청마시초』를 청색지사에서 출간했다. 1940년에는 가족을 거느리고 만주로 이주하여 농장 관리인을 하면서 정미소를 경영했다. 두 번째 시집 『생명의 서』에 수록한 시들이 이 시기에 쓴 작품들이다. 1945년 6월 말 귀국하여 이후 통영여자중학교 교사와 경남 안의중학교 교장이 되었으며, 청년문학가협회 회장, 문화단체 총연합회 부산 지부장 등을 역임했다. 유치환은 이후 오랫동안 왕성한 문학 활동을 펼쳤다. 『생명의 서』(1947), 『울릉도』(1948), 『청령 일기』(1949), 『보병과 더불어』(1951), 『청마 시집』(1954), 『유치환 시선』(1958), 『뜨거운 노래는 땅에 묻는다』(1960), 『미루나무와 남풍』(1964), 『파도야 어쩌란 말이냐』(1965) 등의 시집과 시선집이 그 소산이다. 수상록으로는 『예루살렘의 닭』(1953), 『동방의 느티』(1959), 『나는 고독하지 않다』(1963) 등이 있다. 1967년 교통사고로 사망하였다.

유치환의 많은 시들은 인생과 자연과 조국애와 현실에 대해서 두루 노래한다. 특히 인생의 심연과 존재의 고독에 대한 시인의 탐구는 철학적이고 종교적이다. 그의 시는 생경한 관념어와 한자어 들을 기피하지 않는다. 인생에 대한 철학적 단상을 직설적으로 펼치기도 하고, 영혼의 충동을 격정적으로 외치기도 한다. 그러면서도 그의 시는 소년적인 순수함과 열정을 바탕에 깔고 있다. 그의 시는 낭만적 서정이나 여린 감상에 의존하지 않는다. 그의 시는, 때로는 비장하고 때로는 호방한 남성적 어조로 허무, 고독, 그리움, 생명 등을 노래한다. 김동리는 『유치환 시선』에서 〈그의 시의 넓이가 생경하고 소박한 무기교의 기교의 독특한 스타일에 의거한다〉고 하면서 〈이 생경과 소박과 무기교의 기교는 다시 그의 에스프리의 특질인 동양적인 무(無) 내지 자연의 밑받침에 의하여 하모니와 생채(生彩)를 띨 수 있게 되었던 것이다〉라고 말한다. 생경하고 소박한 무기교의 기교를 보여 주는 유치환 시의 독특한 스타일은, 인생의 허무와 고독에 홀로 대면하고자 하는 시인의 비장한 태도 그리고 맑고 순수한 감성이 잘 조화되어 강한 시적 호소력을 지닌다.

첫 시집 『청마시초』는 청마의 나이 서른둘인 1939년, 김소운의 주선으로 화가 구본웅의 부친이 경영한 청색지사에서 출간되었다. 『청마시초』는 당시로서는 보기 드문 고급 양장으로 장정한 호화판 시집으로 125쪽에 걸쳐 54편의 시가 실려 있으며, 정가는 2원이다. 그는 서문에서 〈시인이 되기 전에 한 사람이 되리라〉는 말의 어려움을 토로하면서 〈절로 내 몸과 마음이 어질어지고 깨끗이 가지게 됨〉이 시의 효용임을 강조한다. 실제로 청마는 엄격한 자기 절제와 자기 수련을 실천했던 인격자였으며, 그에게는 문학도 자기 절제와 수련의 한 방편이었다고 할 수 있다. 『청마시초』에 실린 시들이 표현 기교나 수사보다는, 자신에게로 향한 다짐이나 심정의 토로에 치중되어 있는 것도 이와 관련이 있다.

이 시집에 수록된 작품 가운데 「깃발」은 청마의 초기 대표작으로 널리 알려진 작품이다. 이 작품은 유치환 시의 상상력과 어조, 주제와 지향 등의 여러 특질들을 함축적으로 보여 준다. 「깃발」에서 시인의 사유는 형이상학적이다. 시의 중심 소재인 깃발은, 시인이 펼치는 형이상학적 사유의 매개물이 된다. 그리고 이러한 관념은 인상적인 이미지의 옷을 입고 있다. 〈영원한 노스탤지어의 손수건〉이나 〈애수는 백로처럼 날개를 펴다〉 같은 구절에서 볼 수 있듯이 청마는 추상적 개념을 구체적인 이미지로 나타내는 데 능숙하다. 그리고 그러한 깃발을 노래하는 시인의 태도와 어조는 당당하고 직정적이다. 그리하여 〈맑고 곧은 이념의 푯대〉 끝에 휘날리는 깃발은 시인의 영혼이기도 하고 또 그의 시이기도 하다.

「깃발」에는 〈순정〉과 〈바람〉과 〈이념〉이라는 시어들이 등장하는데 이 세 가지는 이후, 청마가 평생 동안 관심을 보이던 세계를 핵심적으로 집약하고 있는 단어라고도 할 수 있다.

우선 〈순정〉부터 살펴보자. 청마는 소년 같은 순수와 열정으로 세상을 대하고자 했다. 그의 외로움이나 형이상학적 갈증 등도 모두 순정의 발로라고 할 수 있으며, 그의 격정적이고 비장한 어조도 순정과 연관이 있다. 청마는 영원한 노스탤지어의 시인이었으며, 언제나 허무를 느끼고 애수를 백로처럼 우아하게 펼친 시인이었다. 『청마시초』의 다른 시 「소리개」에서 〈황홀한 그의 꿈을 / 백일(白日)의 세계 위에 높이 날개 편 / 아아 저 소리개〉라고 노래할 때, 그는 시적 대상에 언제나 자신의 순정과 꿈을 투영하고 있는 것이다.

두 번째로, 청마의 시에서 가장 많이 나오는 단어 중 하나인 〈바람〉은 우주의 섭리를 상징한다. 특히 40대 후반 이후, 신과 존재의 문제가 거센 바람처럼 자신을 휘몰아쳤다고 청마는 말한다. 즉, 바람은 신과 존재에 대한 시인의 철학적 사유에서 중심적인 은유라고 말할 수 있다. 그는 「이별」에서 〈나무에 닿는 바람의 인연 — / 나는 바람처럼 또한 / 고독의 애상에 한 도(道)를 가졌노라〉 하고 고백하고 있는데, 여기서 바람은 그의 고독과 애상에 스며 있는 도, 또는 일종의 철학이 된다. 시인은 이 형이상학적 바람 속에서 고뇌하고 시를 썼다.

세 번째로 〈이념〉 또한 청마가 늘 번민했던 문제이다. 그는 신과 존재에 대해서 철학적으로 사유하면서 동시에 현실의 모순과 부조리에 대해서도 늘 지사적 관심을 보였고

그것을 시로 나타내었다. 청마에게 이념이란, 자기 수련에 엄격하고 정직한 자가 혼탁한 현실에 부딪쳤을 때 저절로 갖게 되는 현실 비판 의식과 같은 것이라고 할 수 있다. 자발적이라 할 수 있는 이러한 그의 의지는 「철로」에서 〈— 스스로 취하는 길 / — 취하지 아니치 못하는 길 / 의지를 의지하는 심각한 고행의 길〉로 표현되고 있다. 또 잘 알려진 다른 시 「일월」에서도 청마는 〈나의 원수와 / 원수에게 아첨하는 자에겐 / 가장 옳은 증오를 예비하였나니〉라고 강렬하게 토로하였다.

『청마시초』에는 존재의 근원에 대한 영원한 노스탤지어를 보여 주는 작품도 있고, 백로처럼 날개를 펴는 애수와 허무를 노래한 작품도 있으며, 슬프고도 애달픈 순정을 그린 작품도 있다. 또 현실의 불의와 타협하지 않으려는 강인한 의지를 열렬히 고백하고 있는 시도 여러 편이다. 이런 다양한 경향들은 이후 청마의 시 세계에서 더욱 확대되고 발전된다. 김종길은 청마를 일러 〈한국 현대시에서 가장 거대하고 꾸준하고 열렬한 도덕적인 시인〉이라고 했다. 『청마시초』는 청마의 그런 면모를 예측할 수 있게 해주는 시집이다.

이남호(고려대학교 명예교수)

편자의 말

한국 현대시를 대표할 만한 시집들의 초간본을 다시 출간하는 일은 과거를 오늘에 되살리는 일이라기보다는 점점 과거 속으로 사라져 가는 것에 새로운 생명을 부여하여 여전히 오늘의 것이 되게 하는 일이라고 생각한다. 한국 현대시 100년의 역사는 많은 훌륭한 시집을 남겼다. 많은 훌륭한 시집들이 모여서 한국 현대시 100년의 풍요를 이루었다고 말할 수도 있다. 그러한 시집들을 계속 살아 있게 하는 일은 시를 사랑하는 사람의 의무일 것이다.

그러나 이러한 작업은 겉으로 드러나지 않는 수고와 신중함을 많이 요구한다. 첫째는 대표 시인을 선정하는 어려움이다. 수많은 시집들을 편견 없이 재검토해야 하는 수고도 수고지만, 선정과 배제의 경계에 있는 시집들에 대해서는 많은 망설임과 논의가 있어야 했다. 대표 시인 선정 작업이 높은 안목과 보편타당한 기준에 의해서 이루어졌는지는 시간을 두고 전문 독자들에 의해서 판단될 것이다.

두 번째 어려움은 표기에 관련된 것이다. 사실 20세기 전반기의 우리 출판과 한글 표기법의 수준은 보잘것없다.

맞춤법, 띄어쓰기, 행 가름, 연 가름 등에는 혼란스러운 곳이 많고 오식으로 보이는 부분들도 많다. 그것들은 오늘날의 독자들에게 혼란과 거북함을 줄 뿐만 아니라, 작품의 이해를 방해하기도 한다. 그리고 다른 지면에 인용될 때마다 표기가 달라지는 결과를 낳기도 한다. 근대 초기의 많은 문학 작품들을 오늘날의 표기법으로 잘 고쳐서 결정본을 확정 짓는 작업이 시급하다고 할 수 있다. 이러한 생각에서 시적 효과를 지나치게 훼손하지 않는 범위 안에서 표기를 오늘에 맞게 고쳤다. 그러나 시의 속성상 표기를 고치는 일은 조심스럽지 않을 수 없다. 단어 하나, 표현 하나마다 시적 효과와 현재의 표기법 그리고 일관성을 고려해서 번역 아닌 번역 작업을 해야 했다. 이러한 작업이 원문의 분위기를 어느 정도 훼손하는 것은 어쩔 수 없었다. 또 어떻게 고쳐야 할지 판단이 서지 않는 부분도 꽤 있었다. 어쩌면 표기와 관련해서 노력한 만큼의 성과를 얻지 못했는지도 모른다. 그러나 이러한 작업의 축적을 통해서 작품의 결정본을 만들어 나갈 수 있을 것이며, 또한 오늘의 독자에게 친숙한 작품이 될 수 있을 것이다.

초간본의 재출간 아이디어를 최초로 낸 사람은 열린책들의 홍지웅 사장이다. 그분의 남다른 문학 사랑과 출판 감각 그리고 이 작업에 대한 전폭적인 지원에 존경심을 표하고 싶다. 그리고 시집 선정과 표기 수정 및 기타 작업은 이혜원, 신지연, 하재연 선생과 팀을 이루어 했다. 이분들의 꼼꼼함과 성실함에도 존경심을 표하고 싶다. 이 총서가 문학 연구자들뿐만 아니라 일반 독자들에게도 널리 그리고 오래 사랑받기를 바란다.

이남호

한국 시집 초간본 100주년 기념판

청마시초

지은이 유치환 유치환은 1908년 경남 거제에서 태어나 동래고보를 졸업하고 연희전문대학에서 수학하였다. 1928년 일본에서 사진 학원에 다녔으며 이듬해 귀국하여 『소제부』에 시 「오월의 마음」 외 25편을 발표했다. 시 동인지 『생리』를 간행했으며 1939년 첫 시집 『청마시초』를 시작으로 『생명의 서』(1947), 『울릉도』(1948), 『유치환 시선』(1958) 등의 시집을 펴냈다. 1967년 작고했다.

지은이 유치환 **책임편집** 이남호 **발행인** 홍예빈 · 홍유진
발행처 주식회사 열린책들 **주소** 경기도 파주시 문발로 253 파주출판도시
전화 031-955-4000 **팩스** 031-955-4004 **홈페이지** www.openbooks.co.kr
Copyright (C) 유치환, 2022, *Printed in Korea.*
ISBN 978-89-329-2218-8 04810 **ISBN** 978-89-329-2209-6 (세트)
발행일 2022년 3월 25일 초간본 100주년 기념판 1쇄

초간본 간기(刊記) 인쇄 쇼와(昭和) 14년 12월 15일 **발행** 쇼와 14년 12월 20일 **정가금** 이 원 **편집 겸 발행인** 구본웅(경성부 다옥정 72번지) **인쇄인** 구본웅(경성부 서대문정 2정목 139번지) **인쇄소** 창문인쇄주식회사(경성부 서대문정 2정목 139번지) **발행소** 청색지사(경성부 다옥정 72번지) 전화 본국 2 5995번 진체(振替) 경성 22133번